詩集

私の立ち位置

木村むらじ

muraji kimura

鉱脈社

目次

Ⅰ 光と闇と――11

装幀　榊　あずさ

詩集　私の立ち位置

Ⅰ　光と闇と

氷

つめたく　されると
かたくなに　なるが
あたたかく　されると
うち　とける

糸へん

縁《えにし》も　絆《きずな》も
みんな
〝糸〟で
つながっている

かなしい

いのちは
かなしみのかたまりで

生きるとは
そのかたまりを　少しずつ
けずり取ってゆくことなのか

だから　こんなに
いつまでも

かなしいのか

さびしい

その時——
きっと
独りぼっちの
自分に
還るから

痛い

心まで
やわらかいので
いつも　どこかが
傷ついている

なやみ

細い糸ほど
もつれやすくして
とけにくい

灯る

宝石は　光を当てないと
耀かないが
愛は　自ずから
灯を点す

光と闇と

光の中に居ても
闇は見えないが
闇の中に居てこそ
光が見える

闇が濃ければ
濃きほどに

より　はっきりと

闇に光る

闇の中で光る深海生物は
闇の中に外から光を
持ち込んだわけではない

永い歳月をかけて
闇の中で光るすべを
身につけたのだ

生きることへの

強い執念さえあれば
闇の中でだって
光を生み出すことが出来る

と　いうことを

あったかい

あなたに手を取られると
やさしさが
もろに伝わって来ます

やさしさは
やわらかくて

あったかい

癒す

自分だけを
いやしても
自分独りで終わりだが
誰かをいやしてあげると
自分まで
いやされる

レンズ

最近は　何を見ても
かつての様に
感激することが　少なくなった

いつの間にか
観る眼が
くもったのかも知れない

メガネの

レンズを拭く

眼　光

光は
何もかも　みんな
お見通しなのだ

会釈

小さな親切
の
大きな贈物

独りぼっち

自由と　不自由とが
同居している――

何でも　みんな
自分で出来る
自由と

何でも　みんな
自分でしなければならない

不自由と

孤影

ひとりよがり
片思い
自惚れ
待ちぼうけ

いつも　身近にありました

かなしみ

かなしみは　屢々
人ごみを避けながら
独り歩きする

自惚れ

自己陶酔を伴う
酔い心地　バツグン
酔いやすく　しかも醒めにくい

但し　見苦しいので
呉々も　心すべし
泥酔状態にならぬ様　心して
あくまでも　ほろ酔い加減に

とどめ置くべし

貰い泣き

かなしみは
分けて貰うことだって
出来るんだ

今一つ

何かちょっと物足りない
その何かが　何なのかが
はっきりしない
このもどかしさったらない
あらゆる場面でいつも
この〝今一つ〟に
惑わされている
そして　いつまでも
〝今一つ〟安堵出来ないでいる

腹立たしい時

小言を言おうにも　抗議しようにも
肝心の相手が　どこの誰だか　さっぱり
分からない時――

選りによって　忙しい時に限って
掛かってきた間違い電話
慌てて出たとたんに
無言で　プツンと切られた時など

八つ当たりされた我が家の受話器こそ
いい迷惑なのだ！

有難迷惑

相手が善意であるだけに
余計始末が悪い
しかし　その思いやりの心だけは
大切にして
やさしく受けとめてあげたい

その同じ思いやりの心の輪を
限りなく
つなげてゆくためにも

存在

ここにあるのが
私のすべてです

今　確実に言えることは
それだけです

過去はよみがえらないし
一寸先は闇ですから

地球の位置

われらの地球は
やがて燃えつきる　太陽とともに
消滅する運命にあるとのことですが

この限りない　大宇宙の
『時間』と『空間』とに於ける

この地球の　現在位置は
今　どのあたりなのでしょうか

宇宙

大きいとか　広いとか
いった言葉の
何と
虚しいことよ

私の立ち位置

太陽とともに
やがて消滅する運命にある　と
いわれているこの地球上にあって
『現在』を生きている
この私の生命は
その限りある地球時間の
果たして今　どのあたりに

位置しているのでしょうか

無限大

人には　人だけにしかない
すばらしい夢の世界がある

人だからこそ
宇宙の存在を認識して
空想の世界に思いのまま
遊泳することが出来る

かくして

人だけが　始めて
時空を超える

老眼

若い頃には
見えなかったものが
見える様になりました

鼻につく

〝目につく〟うちは
まだ　いいのです
〝鼻につく〟様になったら
もう　おしまいなのですから

鼻

頭部に具有する諸器官（目　口　耳　鼻）の
中で　たとえその機能が衰えても　その欠け
た部分を夫々補強する為に　目には眼鏡が
口には入歯が　耳には補聴器等々があるが
鼻についてだけは何もない
鼻について　例えば〝補臭器〟？がないのは
どうしてだろうか

生存に対する貢献度が　他の器官に比してか

なり低いと思われているのだろうか
ひょっとしたら　鼻はゼイタク品なのかも知れない

しかし　それにしては
顔の真ん中に居座っている

そうか　メガネのすべり止めなのか

地球

いつでも　どこかで
誰とでも
親しく会える様に
せっかく
丸く創られている　というのに

いつも　どこかで
常に誰かが
争って　止まないのは

いったい
どうしてなのか

どちらも同じ

ゾウのいのち　アリのいのち
どちらが　大きい？
どちらも　同じ様に大きい
どちらが　尊い？
どちらも　同じ様に尊い
ゾウのいのちは　ゾウにとって

アリのいのちは　アリにとって
どちらも　一つだけで
どちらも　かけがえがないから

宗派

異教徒は　屢々
地上で　最も残酷な
悪魔に変身する

神を信仰した結果が
何と
悪魔への変身だったとは

ゴミあさり

カラスがしきりに
ゴミをあさっている

そのそばで
数羽のスズメが
神妙に
順番待ちをしている

カラス

㈠

黒いからと云って
白い眼で
見ないで下さい

㈡

恋の唄でも
私がうたえば
不吉なのでしょうか

不安

投函後の
郵便ポストの口に
指先を深く
差し入れる人が居た

やはり
ボクだけではなかったんだ

プチざんげ

幼少の頃
母と一緒に入った
公衆浴場の
女風呂の　浴槽の中で
オシッコしたこと

孤独死

人以外の動物は　みんな
死期を覚ると　ひそかに
群からはなれてゆく　という

誰もが敬遠する
孤独死こそが　むしろ
最高の往生なのかも

蟬しぐれ

余命　あと一週間と
知らされたのが
もし　あなただったとしたら

死線

戦争を知らない世代には
生きることの素晴らしさは
おろか
畳の上で死ねることの
その幸せ　すら
分からないだろう

梅干弁当

日の丸弁当を　梅干弁当と
平然として言う　キャスター
ああ　遂に昭和も・
遠くなりにけるかな

Ⅱ　ネジバナ

ネジバナ

夢を
結わえる
花　こより

はまゆう

母なる海の神へ——
浜の砂丘で舞う
花のかぐら師

曼珠沙華

大地に浸みた
多くの人たちの血が
一せいに立ち上がり
天に向けて

しぶき　華咲く

切り花

たとい　根っ子を断たれても
一旦　咲くと決めた以上
断じて　咲く

しゃくやく

しなやかな花弁を
やさしく結んだ
ごうせいな
花のおにぎり

寒梅

梅が一輪　凛と　咲いた
続いて二輪　凛々と　咲いた
凛々と　咲きついで行って
遂に　全枝に　咲き満ちた
朝の霜に
凛然と――

竹林

超々高層ビル街――

どういうわけか
どのビルも
みんな　空室ばかり

コウテイダリア

背が
高過ぎる

朝　顔

道の辺に多くの朝顔が咲いている
朝顔の花の数ほどの
朝の挨拶を交わせたらいいな　と
思いながら　歩く

朝顔の花の様に
多くの人たちと……

明るく
朝の顔で

造花

ひとは　だませても
虫は　だませない
だって
ひとは　見た目に
だまされるから

幸運

大勢の人たちによって
土手の草刈りを終えた翌朝
その跡に
アサガオの花が一輪
淋しげに咲いていた

カンナ

遠くに多数のかがり火が見える——
まさか　と思って近付いてみたら
やはり
カンナの赤い花だった
遠くに園児たちの隊列が見える——
みんなお揃いのぼうしを

かぶっている
しかし
近付いてみたら
カンナの黄色い花だった

花

花は　永い歳月をかけて
うちに　甘い蜜をたたえ
きれいに咲くことによって
昆虫を始め　人などの動物からも
深く愛される　ということを学びました

自分以外の者を歓ばせるために
きれいに咲くことが
こんなにも　すばらしく

延いては
自分のためにもはねかえってくるのだ
と　いうことを

流されて

何をして居ても
何もしないで居ても
時の流れは
全く変わらない

それも　そのはず

自分もまた
一緒に

流されているのだから

仲間どうし

蝶々が
空へ　空へと
しきりに
花々を
誘っています

願望

わが身を削って
光り　輝きながら
懸命に　走り続け

次第に　細りながら
いつしか視界から
静かに　消え去って行きたい

例えば　流星の様に——

はて？

犬でも
〝猫〟かわいがり！
なの？

砂時計

ラッシュを
時間に
置き換えてみました

今日のあなたへ

今日のあなたは
今までで最も古い　あなたです
今日のあなたが
今までで一番新しい　あなたです

古い　あなたは　背に
過去を背負って居ます
新しい　あなたは　胸に
未来を抱いて居ます

そして　その新旧の境目に
厳然としてあるのが
他ならぬ　今日現在の〝今〟なのです

今となっては　もう
後戻りすることは出来ません
ひたすら　前に向かって進むだけです

今

昨日と明日の間には
今日があります

過去と未来の間には
今があります

今日の今は
今日の今しかありません

今の今も
今しかありません

七夕飾り

たくさんの　願いごとが
たくさんの　風を
いっぱい
呼び寄せています

歩み

ただひたすらに
歩くこと　そのことだけを
目標にして
歩き続けることが出来るのは
ひとり　人間だけである

前へ

常に　前を向いて歩いて行こう

ともかく　前向きに
歩いてさえ居れば
たとえ　途中でつまずいて
ころんだとしても
前向きにしかころばないから

とにかく　前へ

試食

試食したからって
必ずしも
買わなくったっていいんだよ　と
自分に言い聞かせながら
すすめられるままに
つまんだポップコーン

だけど結局
買って帰りました

影絵

朝陽を浴びて
カーテン越しに映る
窓のシルエットを楽しんでいる

ひよ鳥がキンカンの実を
しつこく　ついばんでいる

たまに　メジロと
入れ替わったりして

吊し柿

軒下の陽だまりに　みんな
一皮むけた
きれいなかおを揃えて
楽しそうに　左右にゆれている

みんな仲良く
しわ寄って行こうネ　と
語り合いながら

早　春

明るい日ざしに
さんざめきながら
山肌を埋めつくし
みんな一せいに
山頂めざして
かけ登ってゆく
若葉たち

生気あふれる息吹に

山が大きく
ふくらんで見える

山ぐみ

道ばたの山ぐみが
今年も沢山の花をつけた
その地味な風情がいい

やがて赤くて細いつぶらな実が
たわわに実る
そして小鳥たちを喜ばせてくれる

この私をも童心に帰して

袋

色んなものを
溜めこむことが出来ます――

貴重な役に立つチエを溜めたものを
〝チエ袋〟と称して
みんなで珍重しています

しかし　好ましくないものを
あまり多く詰めこみ過ぎると

思い余って　突然に
破裂することがあります
俗に　これを
〝カンニン袋の緒が切れる〟と言って
敬遠しています

かつて　多くのサラリーマンたちが　久しく
毎月待ち望んできた
〝キュウリョウ袋〟の夢も
今は昔

その他にも　すてきな〝ニオイ袋〟から
〝ゴミ袋〟まで
色んな袋がありますが……

清濁合わせ呑む　途方もない大器を
古来〝オフクロ〟と言って
みんなで　たてまつっています
袋は寛容の容器なのです

クリスマス

クリスマス・ツリー　イルミネーション
などなど
豪華絢爛の飾り付け
クリスマス・ケーキ　七面鳥料理
などなど
豪勢な食卓
みんな競い合う様にして

街中はクリスマス一色だけど
豪華に祝えない人ほど
救いの手を待っている
アーメン

小さな幸せ

小さな幸せ　それは　小さなよろこびから
小さなよろこびなら　誰の身のまわりにも
いくらでもある

小さな幸せを　たくさん集めて
大きな幸せに
少しでもつなげよう

探してみようよ
四つ葉のクローバーを

扇ぐ

昼寝する幼児の枕もとで
うちわでやさしく風を送る母親の姿――
昔はどこの家庭でもよく目にした
光景であった

今頃になってやっと気付く
うちわでやさしく扇がれた風
あれはただの風だけではなかったことに――
あのうちわの風には愛情がこもっていたのだ

やわらかい　やさしい風と一緒に
愛情も届けてくれていたのだ――と

自分で自分に送る風にさえも
自らをいつくしむ心がある

同じ風でも　扇風機には
それがない

無花果

いちじくを見ると亡き母を思い出す
種物の行商をしていた一時期
訪問先で頂いたいちじくを
私の為に　チリ紙につつんで大切に
持ち帰って食べさせてくれた
勿論　母の大好物でもあった
店頭でいちじくを見かける度に

その母を思い起こし
購入すると持ち帰って
霊前にお供えする

昔なつかしい　いちじく
思わせぶりに
乳状の液まで滲ませながら
いやが上にも
私をまどわせる

或る夏の夜の思い出

或る夏の夜　偶然のことから、隣家のブロック塀の、田んぼの畦と接する部分から、蛍が湧いているのを発見した。

そこには直径が十センチにも満たない、小鳥も知らない様な小さな水たまりがあった。

そこに点滅する、数個の光の粒を見付けた時の感動は今もって忘れられない。


まだ未開発の土地が残されているとはいえ、

この住宅地の一角でのこの発見は新鮮であった。

この水が滲み出ているといった感じの、信じられない様な小さな水たまりが、何と！蛍の湧く池であったとは。

最近目に触れることも少なくなったその神秘の光に、完全に蠱惑されてしまった私は、今のところ自分だけしか知らないこの小さな宝物を、いつまでも自分だけのものにしておきたいと考えた。

そして、私はその日から秘密の楽しみを持つことになった。

しかし、その楽しみもそう長くは続かなかった。
やがてその水たまりが、田作りする為の畦土によって埋められてしまったから。
今にして思えば、もしかしたらあれは夢であったのかも知れない。
それも、たった一夏だけの夜の夢で。
いやきっとそうに違いないと今でも思っている。

或る犬の思い出

一匹の小犬がいた。

めし時なると決まって本家へ帰り、めしを喰い終わると決まって分家の我家の裏口へ来て、その時たまたま戸が閉まっていたりすると、クゥークゥーと鼻を鳴らしながら戸を引っ掻いた。

本家と我が家との間の距離は百米近くあったのに、この行ったり来たりの日課は一日たりと狂ったことはなかった。

そして、我家に来てはいつも寝そべっていた。私が昼寝している時、何時の間にか座敷に上がってきた彼に、顔を舐められて目覚めたことも何度かあった。

叱ったりすると、如何にも申し訳ないことをしたとばかりに尾を垂れて、こそこそと土間へ下りて行ったものだった。

もともと本家の飼犬であったが放し飼いしていた為に、野犬狩りに遭ったことを後になって聞かされた。

今となっては、彼を可愛がったことよりも虐めたことばかりが、とりとめもなく思い出される。

白黒の雑種で「ムツ」という名の小犬だった。

数十年も前の話だというのに、この犬の記憶が何時までも忘れがたいのは、虐めた記憶ばかりが思い出の底に、澱の様に沈澱しているせいだろうか。

今となっては、彼を最後まで見守ってやれなかったことが何としても悔やまれる。

かくして今、身近な小動物を可愛がることによって、せめてもの、身勝手な罪滅ぼしをしている。

あとがき

先年、傘寿を機に、全詩歌集『歴程』を上梓して、一区切りつけたばかりだというのに、その後に作りためた新作をかき集めて、性懲りもなく、又々見切り発車よろしく、一冊にまとめてみたくなりました。

作詩は、気取って言えば、趣味といえるかも知れませんが、しかし短期間に重なる詩集の発刊は、又別物で、私の場合道楽そのものだ、と自認しています。

新車マニアが、恰も次々と新車に乗りかえてゆく様に、私は次々と新しい詩集を出し続けています。

新車マニアの〝新しい車〟が、私の場合〝新しい詩集〟に替わっただけの話で。

ちなみに、私の愛車は平成十四年製のクラシックカーです。従って、この浅慮極まりない、未熟な小冊子が、幸いどなたかのお目にとまって、たといひとときでも、やさしいその人と同じ時間を、共有することが許されれば、それだけで、この私にとっては、分に過ぎた幸運と言えるかもしれません。

著者

二〇一五年一月

［著者略歴］

木村　むらじ（連）

1931（昭6）年、大分県南海部郡佐伯町（現佐伯市）に生まれる。
銀行に停年まで勤める。

1963（昭38）年から、1973（昭48）年にかけて小冊子『無名詩集』（短歌・詩）を第三輯まで発刊（私家版、佐伯印刷制作）

2000（平12）年10月、『心音』（俳句・短歌・詩）刊行（私家版、鉱脈社刊）

2004（平16）年7月、詩集『すずらんと海』刊行（鉱脈社刊）

2007（平19）年9月、詩集『風とともに』刊行（鉱脈社刊）

2010（平22）年2月、詩集『待ちぼうけ』刊行（鉱脈社刊）

2012（平24）年6月、全詩歌集『歴程』刊行（鉱脈社刊）

現住所　〒880-0951 宮崎市大塚町小原田2094-1
電話 0985-51-0538

詩集　私の立ち位置

二〇一五(平成27)年一月二十九日　初版印刷
二〇一五(平成27)年二　月　六　日　初版発行

著　者　木村むらじ©
発行者　川口敦己
発行所　鉱脈社
〒八八〇－八五五一
宮崎市田代町二六三番地
電話　〇九八五－二五－一七五八
郵便振替　〇二〇七〇－七－二三六七

印刷・製本　有限会社　鉱　脈　社

印刷・製本には万全の注意をしておりますが、万一落丁・乱丁本がありましたら、お買い上げの書店もしくは出版社にてお取り替えいたします。（送料は小社負担）